동성로 낭만 거이어리

- 김 사 람 -

장미와 여우

시詩 목차

사랑이나 .06

낭만 .08

天 .09

죽고 싶어지면 동성로를 걷는다 .10

지영이네 집 형광등 아래에서 .15

인간이라는 형체를 유지하기가 쉽지 않다 .17

시내 가봤어? .18

서울에 4대문이 있다면 대구에는 4성로가 있다 .21

하늘 아래 새것이 없대서 .24

김우봉 씨와 신정순 씨는 경찰서에서 만났다 .26

도장 .28

눈 뜨자마자 듣는 누군가의 부고 .29

49년 동안 사랑한 것들을 떠올린다 .32

누구라도 좋으니 아는 사람을 우연히 만나고 싶었다 .34

긴 치마 입은 여자는 채팅으로 약속을 정하고 상대를 기다린다 .36

죽은 시인들의 시를 그만 읽어야겠다 .39

초등교사의 좋은 점은 단 하나다 .40

개가 지나간다 .43

집에서 부모의 눈 학교에서 선생님의 눈 회사에서는 상급자의 눈 .44

안경을 쓰지 않을 때 세상은 흐릿해서 좋다 .45

일부 사람들의 몸속 어딘가에는 작고 강한 빛이 돌아다닌다 .47

파란 눈을 가진 인형을 낳았다 .48

트렌드, 트렌드, 망할 놈의 트렌드 .49

사랑은 유전된다 .50

별이 알이란 걸 아니 .51

전쟁의 계절입니다 .52

고체는 액체보다 슬프다 .55

낭만은 과거에 머문다 .56

예술 철학 법 문학 자기계발 경제 경영 외국어 입시 어린이 코너까지 .58

반복은 단절을 전제한다 .63

사냥을 취미로 하는 사람과는 친분을 쌓지 마 .64

인정이 필요하니 .65

교회에 가면 .68

태초에 인간이 만들어졌다 .69

모두가 나였다 .76

아이보다 아이 같은 .77

해가 빛난다 .79

예측 불가능 시대 .80

낭만조 .82

소설보다 시 .83

안녕 낭만 .85

안락사 .86

출근하는 길 .87

공적인 인간이 아니라
사적인 사람입니다.
당신 앞에서 웃지 않을 수 있습니다.
준비가 없어 말이 서툴지 모릅니다.

사랑이나

G   Em   G   Em ×2

G   Em   G   Em
 사랑이나 하며 놀자 사랑이나 하며 놀자
G   Em   G   Em   (침묵)
G   Em   G   Em
 사랑이나 하며 놀자 사랑이나 하며 놀자
G   Em   G   Em   (침묵)

C   D   C   D
Love is nothing special Love is nothing special
Cm   D   D   D
Love is nothing special

  G   D   C   D
바람이 분다 바람이 분다 사랑이나 하자
  G   D   C   D
꽃이 진다 꽃이 진다 사랑이나 하자

```
     G          D          C            D
비가 온다 비가 온다 사랑이나 하자
      G          D          C            D
눈이 온다 눈이 온다 사랑이나 하자


        G          D          C            D
우린 언제쯤 걱정 없이 놀 수 있을까
        G          D          C               D
우린 언제쯤 생각 없이 사랑할 수 있을까
```

낭만

가을이 되고서야
여름을 떠올리는 일
지금 나에게는
사랑도 없고 행복도 없다
남은 건 낭만뿐이다

天

하늘은 스스로 내려오지 않는다
나뭇잎을 기던 벌레 네 마리
잎을 갉으며 이를 갈고 간다
지나간 자리 기도 자국마다
하늘이 가물가물 들이친다
별 달 구름과 어울리다 보니
사랑이 시시하게 느껴진다
벌레들은 스스로 하늘이 되어
우리 곁을 떠난다
높고 찬란한 것들은
이별을 그리워하지 않는다

죽고 싶어지면 동성로를 걷는다

어느 계절을 좋아해?
여름, 아무도 없는 여름

고독에 이끌려 걷다 죽고
욕망에 이끌려 걷다 죽고
아픔에 이끌려 걷다 죽고
중력에 이끌려 걷다 죽고
형식에 이끌려 걷다 죽고
가난에 이끌려 걷다 죽고
절망에 이끌려 걷다 죽고
바람에 이끌려 걷다 죽고
인간에 이끌려 걷다 죽고
혐오에 이끌려 걷다 죽고
추억에 이끌려 걷다 죽고
하늘에 이끌려 걷다 죽고
폭력에 이끌려 걷다 죽고
사랑에 이끌려 걷다 죽고

상실에 이끌려 걷다 죽고
희망에 이끌려 걷다 죽고
걷다 보면 어떤 끌림을 짓밟으며
생각지 않은 미래로 향하는

나를 발견하고
나를 피해

너에게서 달아나기 시작한다

후회할 거야

어떤 선택을 하든 결론은 같아
네가 문제고 네가 불량품이야

나나 나나 나나 나나
너너 너너 너너 너너
누구도 만나선 안 돼

하늘을 밟고 싶어

나는 나로부터 벗어날 수 있을까
네가 가진 모든 것들을 버려버려
내가 넌지 네가 난지
그런 건 중요치 않아
내와 네
발음을 구별하지 못해

우린 지구야

지구 수명이 다하는 날
우린 우주가 될 거야

학력을 쓰레기통에 버리고
직업을 길에 버리고
고향을 강물에 버리고
친구를 바다에 버리고

부모를 산에 버리고
아내를 집에 버리고
자식을 학교에 버리고
신을 교회에 버리고
젊음을 기억에 버리고

죽어버려 버러지보다 못한 새끼

아무도 널 아쉬워하거나
그리워하지 않아

이미 넌 우리들 기억에 존재하지 않아

아침 점심 저녁 새벽
사람들 표정이 변화하는 거리

시간의 틈이 열리면
하던 일을 멈추고 하늘을 바라본다

봄 여름 가을 겨울

옷차림이 달라지는 거리

내가 웅크리고 앉아

앞으로 나아가지 못할 때

철새는 지나간 계절을 입에 물고 돌아온다

지영이네 집 형광등 아래에서

스물한 살 첫 휴가를 나와 의형제를 맺기 위해 신애 수애 진애 셋은 결의문을 쓰고 지형서라 이름 붙였어

생각해 보니 무슨 보물 지도 이름 같아

무엇을 그리 남기고 싶었는지 서성로 교회로 들어가 각자 피던 담배로 손목에 담배빵을 놓고 지형서를 교회 고등부실 천장에 숨겼지 비밀 일기장처럼 소중한 시간일수록 순수하고 일상으로부터 멀리 떨어져 있어야 한다 생각했어

나만 너무 깊이 지져 물집이 가장 크게 부풀었어 군대에 있으니 식기 닦는 사역을 할 때마다 오물과 세제가 들어가 상처가 아물지 않았어 흉터가 얼마나 오래가던지 그때는 몰랐어 아무는 상처는 없다는 걸 피를 나눠 마시는 게 좋을 뻔했어 아 피를 내려 해도 상처가 났겠구나 상처 없는 의지는 없나 보다

그사이 교회는 리모델링을 했고 아이들이 그때 우리만큼 나이가 들어서야 만났어 수애 신애 진애 그리고 지영이 북성로에서 우동과

연탄 불고기를 먹으며 얘기를 했지 예전 그 맛이 아니다고 자식들은
잘 크냐며 건강만 하자고 누구도 지도 아니 결의문 얘기는 꺼내지를
않았지

불 꺼진 동성로를 지나 집으로 돌아가는 길에 손목이 자꾸만 욱
신거렸어

인간이라는 형체를 유지하기가 쉽지 않다

얼굴이 자꾸 흘러내리려 한다
다리는 땅으로 뿌리 내리고 싶어 하고
팔은 하늘을 향해 날갯짓하려고 한다
끝까지 버티다 보면 인간으로 죽을 수 있는 걸까
내가 무엇인지 아직 모르겠다
내 안에는 수천억 개의 별이 반짝이는데
어두워서 나를 볼 수 없다

시내 가봤어?

아니, 어딘데

대구 안에 대구보다 큰 조이월드라는 오락실이 있는 곳이야
모르는구나 세상은 모르는 것투성이야
없는 오락이 없어
동네 오락실에서는 볼 수 없는 신기하고 큰 기계들도 많아
네가 사는 시대에는 오락인지 현실인지 분간이 안 가는 게임이라
상상을 못 할 거야
걸어 다니면서 동물을 잡고 인간 사냥을 하는 세상이라 눈을 크
게 뜨고 다녀야 해
길을 걷다 보면 누군가 덥석, 손을 잡기도 하고 이름과 전화번호
를 묻기도 하는 곳이거든

무섭고 다정한 곳이구나
거기에 가려면 멀어?
천국보다 가깝고 지옥보다 멀어

버스 타고 한참 가야 해

차비랑 돈 좀 들고 내일 가자
백 원밖에 없는데
구경만 하면 안 될까

빌려줄 게 대신
하루 이자가 백 원씩이야

다음 날 전학을 갔다
내가 간 건지 친구가 간 건지 기억에 없었지만
우리는 만날 수 없었다

분명 여기가 맞아
건물은 그대로인데 가계가 다 바뀌었고 그 자리에는 제과점이 있네
근데 아저씨는 누구세요
하루에 백 원씩 30년이 지났으니
109,500원
그쪽이 대신 갚아주세요

별걸 다 기억하는구나
기억 속 추억은 사라지고
돈만 반짝이고 있었네
내가 이 시간에 여기 올 것은 어떻게 알고

널 계속 기다렸어
한시도 이 자릴 떠난 적 없어
왜 한 번도 날 찾지 않은 거니
넌 멀쩡히 아저씨가 되었는데
난 여전히 어린아이야

서울에 4대문이 있다면 대구에는 4성로가 있다

동서남북을 나누는 문과 성은 경계다
함께 할 수 없는 다른 세계
보이지 않는 경계선을 특히 조심해야 한다

이놈이 또 선을 넘네
네 눈에는 선이 안 보이는 거니

아이가 아이의 선을 넘는 순간 아이가 아니게 되고
청춘이 청춘의 선을 넘는 순간 청춘이 아니게 되며
노인이 노인의 선을 넘는 순간 노인이 아니게 되는 거야
동물이 식물이 무생물이 선을 넘는 순간 생태계가 교란되고
남자가 여자가 선을 넘어 남자도 여자도 아니게 되면 세상이 어떻게
되겠어

선을 넘는 순간 악이 되는 거야
넌 악이 되고 싶은 거구나

깨질 듯 깨지지 않거나 깨지지 않을 듯 깨지는 투명하기만 한 유리

같은 것들,

　　부서질 가능성은 모두에게 위험하다

　　깨지지 않는 환상은 없다

　　동성로 서성로 남성로 북성로

　　여성로는 왜 없냐고 묻는다면

　　남성로가 있다고 여성로가 있는 것은 아니다

　　나도 남성로라는 말은 처음 들어본다

　　우리나라 모든 거리에서는

　　남녀가 모두 평등하게 걷는다

　　서성로에는 내가 다닌 교회가 있고

　　북성로는 우동 불고기를 파는 새벽 포장마차들이 있다

　　교회라는 말만 나와도 싫어하는 사람들이 있겠지만

　　어린 시절 적어도 난 교회에서 사람들을 예쁘게 사랑하는 법을
배웠다

　　동성로는 내가 다닌 교회에서 만난 여자들과

　　새벽에 우동 불고기를 먹으며 친해진 다음

　　데이트 약속 장소로 정하던 대구에서 가장 번화한 동네다

대구 시내는 동성로와 향촌동으로 나뉜다

강물 같은 4차선 도로를 기준으로

젊은이들은 동성로

늙은이들은 향촌동

이승과 저승마냥 함부로 건널 수 없다

가끔 왕래하는 인간들이 있긴 하지만

동성로에서 향촌동으로 가는 사람은 젊어지고

향촌동에서 동성로로 가는 사람은 늙는다

어디에서 어디로 건너는 사람이 많을까

클럽에 가보고 싶어

문 앞에 줄을 서 민증 검사를 받고

외모를 검증받는다

물관리 중

어디든 물이 흐려지면 끝이다

선택받는 사람들

추방되는 사람들

키가 작아서

나이가 많아서

옷이 허름해서

하늘 아래 새것이 없대서

나는 오늘 슬프다
수천수만의 생명들이
매일 같이 태어나는데도

새로움이 없단다

그만 태어나야지
그만 태어나야지 하면서도

의지가 아니라서
그리워서

나는 오늘 슬프다

태어날 때마다
변화된 세계에 적응하느라
나를 알아보지 못할까 봐

너에게 새것이 되지 못해

나는 오늘 슬프다

김우봉 씨와 신정순 씨는 경찰서에서 만났다

우봉 씨는 순경
정순 씨는 경찰서 전화 교환원

김신진호 씨는 둘의 아들이지만
그들의 사랑 이야기를 모른다

의성에서 대구 시내 최초 특급호텔인 금호 호텔로 신혼여행을
왔었다는 것과
8살 연상인 우봉 씨가 정순 씨 부모님께 나이를 속여 결혼 허락을
받았다는 말은 들었다

절실한 사랑이 있었던 것도 같은데
20년을 지켜본 봐 사랑은 없고 결혼만 있었다
다정한 대화를 주고받거나 가벼운 스킨쉽을 나누는 모습조차 본
적이 없었다
과정은 없고 결과만 존재한다

우봉 씨는 사흘에 한 번 집에 들어왔고 팬티를 입은 채 잠자는

모습을 주로 보았다

평범한 일상 얘기 집안 형편 얘기 자식 공부 얘기 세금 얘기

우봉 씨 책상에는 녹이 슨 열쇠 없는 수갑이 있었다

범죄자 손목을 한 번도 채워보지 못한 듯 허공만을 가득 채웠다

수갑은 묵직한 쇳덩이라 단단한 호두를 깨거나 튀어나온 못을
박는 데 사용했다

두 사람은 마지막까지 사랑 이야기를 들려주지 않은 채 떠났다

한 번도 물어 본 적 없으면서

김신진호 씨는 이제 와서 왜 그들의 사랑이 궁금한 걸까

따지고 보니 김신진호 씨 역시 그 부모에게 자신의 사랑을 보여
주거나 사랑 이야기를 한 번도 하지를 않았다

옆에서 김신진호 씨의 딸아이가 물었다

엄마는 왜 아빠와 결혼했어? 사랑했어? 이해할 수 없다며 돌아
앉는다

김신진호 씨는 한동안 골똘히 생각했다

자신에게는 딸들에게 들려줄 구체적인 사랑이 있는지

도장

넌 필요 없어
분신이 필요할 뿐이야

의미가 없는 것 같아
진짜 나를 버렸다

나는 나를 증명할 수 없게 되었다

눈 뜨자마자 듣는 누군가의 부고

당신의 기일을 축하합니다

해마다 생일 축하를 받다가 이제는
기일을 기념하게 되겠다

당신의 기일을 축하합니다

천국에 간 당신은 축하를 받을만하지요
바늘구멍보다 들어가기가 어렵다는 곳 아닙니까
주변인 중 천국에 가지 않은 사람을 본 적이 없다
하나 같이 다들 천국에 갔을 거라 말한다
그곳은 내가 잘 모르니까
죽는다는 게 그만큼 어렵다는 말일 거다
충분히 축하를 받을만하지요

항암치료를 2년간 하던 정순 씨
사실은 죽기 위해 그렇게나 힘들게 치료를 받으셨던 거다
우봉 씨는 중환자실에서 몇 달간 의식 없이 입원하고서야 겨우

죽음에 이를 수 있었다

　당신의 기일을 축하합니다

　자살한 사람들은 죽을 만큼 누군가에게 괴롭힘을 당하거나
　죽는 게 편할 만큼 마음이 오랫동안 아파온 거다
　불의의 사고로 목숨을 잃은 사람들은 그 사고 장소에 제때 도착
하기 위해 평생을 살아온 거다

　당신의 기일을 축하합니다

　죽음이 쉬운 거라면
　우리는 애초에 일찍 죽었을지도 모른다
　죽음이 쉬운 거라면
　이를 악물며 공부하고 돈을 모으고
　질투와 후회로 시간을 허비하거나
　누군가를 특별히 미워하며 살지 않았을지도 모른다
　죽음이 쉬운 거라면

바르고 착하게 살지도

한 사람만을 뜨겁게 사랑하지 않았을지도 모른다

죽음이 쉬운 거였다면

당신의 기일을 축하합니다라는 말 대신

한참을 울었을지도 모르겠습니다

요절은 우연한 운명이라서

언제 어디서 어떤 시가 유작이 될 줄은 나도 모른다

나는 미문을 못 쓰니

추문을 퍼뜨리는 사람으로 남겠다

이것은 나에게 쓰는 유작이다

49년 동안 사랑한 것들을 떠올린다

사랑은 실패를 전제로 한 후회다
남은 건 지긋지긋한 기억뿐

기억은 감옥이다
신이 인간을 제어하기 위한 수단

이 고통스러운 기억을 제발 좀 지워주세요라고 기도한 사람들은
죽기 전 잠시 신에게 응답받는다

치매는 아름다운 병이 분명하다

내 부모는 그러한 자유를 허락받기 전에
고통의 기억을 안고 죽어야 했다

신의 공평하지 못한 처사다

육체가 일찍 죽는 것도 서러운데
마지막 마음의 평안마저 얻지 못했다

게다가 엄마 임종마저 못 지켰으니
무덤 잔디가 다 말라 죽은 이유다

누구라도 좋으니 아는 사람을 우연히 만나고 싶었다

그냥 인사가 하고 싶었다
시간이 되면 커피라도 같이 마시며
살아온 이야기를 하면 좋겠다
결혼은 했는지 아이가 있는지
부모님은 살아계신 지와 같은 평범한 얘기들
하루 종일 돌아다녀도 모르는 사람들뿐이다
아는 사람을 만나 얘기를 나누려면
살아 있어야 한다
먹고 마시고 보고 수다를 떨기 위해 살아 있다
나쁘지 않다

솔직해져 봐
몇 명의 지인을 보았잖아
모른 척 고개 돌리며
운동화 끈을 고쳐 맸어
그들이 먼저 널 알아 보고
다가와 인사해 주기를 바랬어
사과의 말과 마음

사랑의 말과 마음

고백받는 걸 좋아했을 뿐인

긴 치마 입은 여자는 채팅으로 약속을 정하고 상대를 기다린다

대구 백화점 앞을 지나거나 옆에 서 있는 사람들
담배 연기로 가려진
키 헤어스타일 이목구비 피부 상태 패션 감각으로 정체를 파악하고 있다

탐색하기는 합격 불합격 정도만으로 충분하다
숨길 수 없는 슬픔 정도는 넘어간다

친구의 애인이거나 가족이라면
알 길이 없으니 상관없다

가려진 부분이 많을수록 신비로우니 안대를 끼고 모텔 문을 열어도 좋겠다
세상은 계획보다는 어디로 튈지 모르는 충동이 흥미롭다

게임 화면이 아닌 진짜 쇠구슬을 튕기는 핀볼과
동전을 넣고 원하는 음악을 고르면
오락실 전체에 울려 퍼지는 음반 기계도 있었다

스콜피온스의 Still loving you를 이곳에서 처음 들었다

중간 단계에서 비디오방이나 노래방 스티커 사진이 유행한 적이
있었다

같은 공간이지만 현재는 인형뽑기 기계와 동전노래방 부스가 자리
한다

아날로그식 추억이 가득한 곳에서는

청소년인 나와 청년인 나 그리고 중년인 나가 서로 어깨를 부딪
치며 놀고 있다

서로를 경계하고 욕하며 눈을 피한다

내가 나에게 말을 건네기도 한다

게임 중이세요? 자리 좀...

극장 매표소 앞에 서 있던 줄

공중전화 앞에 서 있던 줄은 검정 고무줄처럼 끊겼다

맛집 앞에 선 줄은 서기가 싫다

중앙로역 지하철 문이 열리면 아직도 불에 타버린 그림자 냄새가
난다
축제가 한창이다
울음과 웃음은 휘발성이 강해 남는 게 없다

구석에 자리한 기억의 방은 웃는 얼굴들을 위해 존재한다
젊은이들의 웃음소리
따라 웃어 보지만 그 맛이 없다

죽은 시인들의 시를 그만 읽어야겠다

약속이 있는 사람들은 가슴에 이름표를 달고
검은 골목으로 들어가서 나오지 않았다
골목은 해마다 늘어났다
길을 익히기 위해서는 자주 걸어야 한다
오랜만에 시내를 나온다면 길을 잃기 십상이다

초등교사의 좋은 점은 단 하나다

남들보다 미래를 먼저 본다는 것
미래가 전망이 밝다거나 희망적이라거나 암담하다거나 하는 말은
하지 않겠다
나 역시 겪는 중이니 특별할 거 없다
미래는 단지 미래다
미래는 꿈이지만 깨어나면 지루한 현실만 가득한 현재다

시내는 과거 현재 미래가 공존하는 곳이다
초중고등학교 시험이 끝나는 날이면 미래가 이곳을 점령한다
과거와 현재는 자리를 빼앗긴다
미래는 첫 시집 같다
시끄럽지만 시답다

군인처럼 관등성명을 대듯 이 시대 사람들은 이름표를 강제로
착용해야 외출할 수 있다
나는 법을 어기고 나왔다
누구든 나를 신고할 수 있다

30년 전 잠시 만났던 사람을 봤다

얼굴은 맞는 것 같은데 내 이름과 같은 어떤 이와 팔짱을 끼고 있어서 이름을 확인할 수 없었다

내 이름을 말하려 다가갔지만 길이 점점 길어져 닿을 수 없었다

나는 왜 이름표를 소중히 간직하지 않았을까

내가 아는 사람이 한 명도 없다는 사실이 이상했다

마음껏 사랑에 빠지고 싶은 사람들이 많아 보였다

안녕하세요 마음에 들어서 그러는데 우리 사랑할래요?

당신께 시를 심어드릴게요

영생할 수도 있어요

죽은 시만 피한다면요

만날 확률은 희박해서 걱정하지 않아도 됩니다

죽은 별이 더 밝게 보이듯 유난히 밝은 시만 조심하세요

시론은 변명이다

나는 날마다 나를 잊는다

아침에 눈을 뜨면 다른 나가 일어나서

매일 다른 형식과 내용으로 시를 쓴다

사실은 시가 나를 기억하지 못한다

시 안에 들어가면 식물이 될 수 있나요

살기 위해 어린 누의 목을 문 채 울음을 삼키는 육식 동물이 슬퍼요

당신 눈동자는 왜 눈부실까요

개가 지나간다

나는 개를 무서워하고 개는 나를 경계한다
우리는 서로의 마음과 의도를 알지 못한다

개껌을 들고 다녀야 하는데
외출할 때마다 잊어버린다

저 개의 후손 중 하나와 동거를 할지도 모른다
동거 중인 개의 이름은 김머랭이다
암컷이다
여자가 지나간다
무표정으로 지나가다 내가 길을 제지하니 당황해한다
길을 묻는다
그제야 웃으며 길을 가르쳐준다

저 여자의 지인 중 하나와 친구가 되거나 직장 동료 혹은 사랑을
할지도 모른다
나는 친절하고 인상 좋은 아저씨인 척 감사의 마음을 전한다

집에서 부모의 눈 학교에서 선생님의 눈 회사에서는
상급자의 눈

인간은 눈을 먹고 자란다
나를 바라봐 주는 눈 없이는 외롭고 불안해서 견딜 수 없다
인간 외로움의 근본적 원인이다
태어나서 죽을 때까지 누군가는 나를 바라보고 말을 걸어줘야
한다
고독사란 바로 그런 눈들이 사라졌을 때 생기는 죽음이다

둘째 딸아이는 태어날 때 심장에 구멍이 있었다
그 시절 난 밴드를 하고 있었고 시인 행세하며 집을 비우기 일쑤
였다
집에 가끔 있을 때마저 집 부근 강에 나가서 낚시를 했다
죄책감은 기다리는 눈을 마주 쳐주지 못했을 때 생긴다
아기 심장에 퀭한 눈이 생겨버렸다고 생각했다

안경을 쓰지 않을 때 세상은 흐릿해서 좋다

웬만하면 다 예뻐 보인다

자연이든 인간이든 파스텔 그림처럼 보인다

그러다 안경을 쓰는 순간 세상은 변한다

갑자기 모든 게 뚜렷하고 선명해져서 마음이 불편해진다

흠이 보이고 상처가 보인다 얼룩들이 나타난다

아름답던 세상이 일그러진다

보이지 않는 그림자를 일부러 끄집어낼 필요는 없다

어차피 우리는 그 모두와 함께 살아가고 있다

썩어 곪을 것이 아니라면 덮어두고 모른 채 할 수 있어야 한다

어지럽지만 않다면 또 하나의 유리를 통해 세상을 보진 않을 거다

여기에는 없는 게 없다

인간에게 필요한 모든 것이 있어 돈만 있으면 뭐든 살 수가 있다

　물건을 파는 일과 음식과 술을 파는 일, 몸을 파는 일과 마음을
파는 일, 웃음과 얼굴을 파는 일, 시와 소설 그리고 그림과 음악을
파는 일은 각각 어떻게 다른가

　더 가치로운 일이란 게 있는지 모르겠다

　전부 인간에게 필수다

윤리란 뭐냐

몸이 더러운 것과 정신 혹은 마음이 더러운 것에 대한 차등이
있나

일부 사람들의 몸속 어딘가에는 작고 강한 빛이 돌아
다닌다

신체를 한 바퀴씩 돌 때마다 조금씩 커진다

회전하는 속도는 불규칙적이라 종잡을 수 없다

몸의 특정 지점을 지날 때 한 번도 들어본 적 없는 소리를 내기
시작하는데 그때가 되면 눈물이 멈추지를 않는다

어떤 사람들은 다이아몬드 보다 귀하고 값비싼 보석일 거라고
했다

인광루라는 이름을 붙이고서는 전국 각지의 무덤을 파헤치고
다니는데 사람들은 여우나 멧돼지 또는 도굴꾼의 짓이라 생각하고
만다

인광루를 직접 눈으로 확인한 사람은 없다

파란 눈을 가진 인형을 낳았다

파도 소리가 났다
갈매기가 날아와 눈을 물어갔다
비어 있던 두 눈에서
낮에는 해가 떴고
밤에는 달이 떴다
인형은 바다를 그리워했다

트렌드, 트렌드, 망할 놈의 트렌드

사랑이 하찮으면 어떡하니

이별을 위해 가장 좋은 옷을 꺼내 입었어

널 향한 마음 말고는 줄 게 없어서

우리 만난 날부터 쓴 일기와

매일 백 원씩 모아 반지를 준비했어

네가 가보고 싶다던 호텔 저녁 뷔페 스위트룸과 조식을 예약했어

인별그램에 올릴 사진을 근사하게 찍어줄게

손이 떨리면 안 될 텐데

나랑 전혀 닮지 않은

키 크고 몸 좋은 연하 마사지사를 초대했어

우리 잊지 못할 마지막 데이트를 하자

이별을 예상치 않던

처음 만남처럼 설레자

오늘을 위해 아껴 뒀었어

눈에 잘 보이는 사랑을

추신. 이 일기는 간직해. 언젠가 비싼 가격에 거래가 될지도 모르니.
반지는 다른 남자에게 줘. 영정 사진으로 쓸 환하게 웃는 내 모습 네
손으로 찍어주길 바래.

사랑은 유전된다

우리는 지금 사랑하고 있나
기억은 유전되지 않는다
다만, 발현 조건이 있다
한 번의 인생을 다시 살면서도 모른다
당신들이 나라는 사실
두 개의 나가 함께하고 있을 때는
우리는 다른 인간들이다
한쪽이 죽고 나면
비로소 유전인자가 발현되어
모든 사실을 기억하게 된다

별이 알이란 걸 아니

별이 폭발하는 날에야
그 딱딱한 껍데기를 깨고
부화하지
무엇으로?
불새

인간이 애벌레인 걸 아니
꿈틀거리며 살다
죽은 듯 번데기가 되었다가
부화하는 거야
무엇으로?
신

전쟁의 계절입니다

태양이 차갑고
반달이 뜨겁습니다

그대는 전쟁 중입니까
사랑 중입니까

하늘이 불꽃으로 환합니다
멀리 비명에 눈이 부셔도
아름답다는 착각을 합니다

꽃이 지더니
눈이 옵니다

전쟁 중 날리는 벚꽃은
누구의 손톱입니까
가난하고 여리기만 해서
하늘에 오르지 못하는
누구의 영혼입니까

전쟁을 끝내는 방법을 가르쳐 주십시오
우연히 살아남기 위해서는
할 수 있는 게 없습니다

비가 내리더니
낙엽이 집니다

전쟁 중 내리는 비는
누구의 속눈썹입니까
기다리던 당신은 오지를 않고
준비 안 된 가슴에 내리치는
누구의 기별입니까

전쟁 중 떨어지는 낙엽은
누구의 머리카락입니까
피에 젖어 뒹굴어봐도
다시 살아나지 못하는
누구의 육체입니까

사랑을 잃은 자들이
하루쯤 쉬었다 가시라
흰 수건을 대문에 묶고
구름을 부르는 밥을 짓습니다

전쟁 중 날리는 눈꽃은
누구와의 약속입니까
부드럽고 가엽기만 해서
마음에 닿기 전 녹아버리는
누구에게 쓴 편지입니까

세계는 전쟁 중이고
우리는 지금 사랑 중입니다

고체는 액체보다 슬프다

네 마음이 흐른다
흐르는 것들은 슬퍼
시냇물이 흐른다
강물이 흐른다
슬픔은 쌓이지 않고
반복하며 지나간다 하지만
고체는 액체보다 슬프다
바다는 쌓이고 쌓여
젤리처럼 굳어간다
슬픈 것들은 죄다 딱딱해져
결국 고체가 되어버린다
음악이 굳어 꽃이
피가 굳어 루비가
욕망이 굳어 총이
생명이 굳어 시체가
사랑이 굳어 아기가
아기는 슬픔 자체
사랑이 슬픈 이유다

낭만은 과거에 머문다

예전에 살던 집

젊은 부모

오래된 거리

낡은 의상

졸업한 학교

에버그린

옛 친구

어린 시절

금호 호텔

한일극장

대백 시계탑

타워 레코드

94년 여름

공중전화

유행 지난 음악

김재기

신해철

빛바랜 사진

첫사랑

원치 않은 이별

평범한 일상

특별한 세상이나 인생

인간 따위는 없다

지나가 버린 것들에 대한 무뎌진 그리움

우리가 먹고 자고 놀고 함께 사랑한

모든 순간이 낭만이 될 거야

낭만은 현재에 존재하지 않는다

예술 철학 법 문학 자기계발 경제 경영 외국어 입시
어린이 코너까지

지식 정보로 포장된 욕망들이 보인다

교환 가치 있는 인간이 되기 위해

필요한 곳에 사용되기 위해

잘 먹고 잘살기 위해

인간답게 살기 위해

처음 시내 제일 서적에 갔을 때

엄청나게 많은 책과 사람들에 놀랐다

눈에 띄게 정렬되어 있지만 아무도 펼치지 않는 문학과지성 시인선

한자 제목과 이름 때문이겠지

많은 사람들이 훑어보는 한글 원태연 시집

가장 재밌는 건 신발 구경 옷 구경 머리카락 구경 사람 구경

글보다는 삶이 재밌다

왜 그 장면이 기억에 남아 있는지

황동규 시집을 사 집으로 갔다

1번은 아름다울 거라고 믿었던 시절

구르는 바퀴처럼 움직이는 것들을 보면

나는 정지시키고 싶었다

강물을 바람을 시간을

네게로 향하는 마음을 멈추게 하고 싶었다

움직이는 건 불안해

세상은 계속해서 어딘가로 향하고 있어서

나도 따라가야만 하는 것 같아

멈추면 죽는 거야

가는 길 곳곳이 무덤이다

피할 겨를이 없어 그냥 밟아

쉬고 싶은데 쉴 수가 없다

인간답게 살고 싶은

누군가 김사람 시집을 손에 들고

내 무덤을 꾹꾹 밟고 지나가기를 욕망한다

얼굴이 파스텔화에서 세밀화가 된다

보이고 싶지 않은 중년이 된 나

너는 나이 든 남자를 원치 않는다

둘이 하던 것들
혼자 극장에 가고
혼자 식당에 가고
혼자 카페에 가고
혼자 모텔에 가고
혼자 사랑을 한다

혼자가 편해

사랑은 불편한 거 아니었니
그냥 사랑이 싫어졌다고 말해

사랑과는 다른 사랑이야
나를 이해해
사랑의 형식을 받아들여

식상해

혼자라는 말은 빈자리
누구든 와서 앉을 수 있도록
비워둔 자리
나와는 함께 하고 싶지 않은 공간

내 얼굴이 자꾸만 짙어져
보기 흉해
거울을 보기 싫지만
거울 보기가 습관이 되었어
싫어하는 것들만 습관이 돼
왜 자꾸 덧칠을 해
한 번만 더 만져줄 수는 없는 거니

사랑이 오래되면
사랑이 깊어질 줄 알았는데
고루한 습관이 되었다

같은 생각 같은 말 같은 행동

같은 마음 같은 사람 같은 공간

같은 사랑 사실은

생각 같은 말 같은 행동 같은

마음 같은 사람 같은 공간 같은

사랑 같은

진짜가 아니었던 것이 문제다

아니다 진짜든 가짜든

사람을 대하는 태도가 변하는 게 문제다

얼굴이 변하는데

마음이나 태도가 변하지 않겠니

자연은 가장 아름답게 사라지는데

인간은 왜 가장 추하게 죽어야 할까

반복은 단절을 전제한다

꽃은 반복해서 피고
사랑은 반복된다

개는 반복해서 꽃을 따라 짖고
고양이는 반복해서 사랑 따라 운다

아이들은 반복해서 태어나고
전쟁은 반복된다

너와 나의 인연은 왜 반복이 아니라 지속되는가

사냥을 취미로 하는 사람과는 친분을 쌓지 마

사냥 대상이 무엇인지는 중요하지 않아

사슴이든 꿩이든 코끼리든
사냥감을 궁지로 몰아 잡는 게 목적이야

가장 짜릿한 사냥이 뭔지는 말하지 않아도 알겠지
인간은 참 흥미로운 존재야

사냥을 제대로 즐기기 위한 조건

첫째, 살아 있을 것
둘째, 공포심을 최대한 느끼게 할 것
셋째, 스스로 사냥감이 될 것

구해줄 수 있는 건
사냥꾼의 오만 혹은 행운뿐

인정이 필요하니

가난을 인정해

지능을 인정해

외모를 인정해

인기를 인정해

성공을 인정해

실패를 인정해

인생을 인정해

재능을 인정해

마음을 인정해

사랑을 인정해

널 인정할게

만족하니 만족이 되니

너대로 살아

나대로 살게

오해가 있나 본데

나는 당신들을 인정하고

말고 할 사람이 아니야

감정 인정 다정

부정 모정 욕정

애정 비정 사정

속정 자정 미정

있는 그대로 여길래

변하더라도 변한 그대로 여길게

인정을 바라지 마

그냥 사는 거야

그냥 살아

애쓰지 마

살아도 괜찮고

죽어도 괜찮아

아직 사랑이 부족해

외로워 미치도록

사랑만 하고 싶어

한 사람의 사랑으로는

사랑이 충족되지 않아

할 일 없는 자들아

죽고 싶은 자들아

이미 죽은 자들아

이리 와

나를 안아

나를 만져

나를 죽여

나를 가져

나를 기억해

나를 좋아해

나를 사랑해

나를 환상해

나를 추모해

교회에 가면

세상은 신으로 돌아가고
절에 가면
세상은 부처로 돌아가고
문단에 가면
세상은 시로 돌아가고
모텔에 가면
세상은 섹스로 돌아가고
학교에 가면
세상은 공부로 돌아가고
교도소에 가면
세상은 죄로 돌아가고
군대에 가면
세상은 전쟁으로 돌아가고
집에 가면
세상은 아이들로 돌아가고
나와는 상관없이
세상은 스스로 돌아간다

태초에 인간이 만들어졌다

흙으로 형상을 빚고
생기를 뿌린 것이 문제였다
흙 속에는 뱀의 알들이 부화하기를 기다리고 있었다
진실과 거짓
믿음과 불신
물과 불
선과 악
아름다움과 추함
천국과 지옥
사랑과 증오
삶과 죽음 같은 것들이
하나가 되어 뒤엉켜버렸다
자신조차 자신의 정체를
죽을 때까지 알지 못하는
기괴하고 가여운
인간의 탄생이었다

축하받을 사람보다

애도 받아야 할 사람들이 훨씬 많다는 사실을 알았으면 좋겠다
내가 축제를 열고 환호하고 있을 때
너는 장례를 치르고 곡을 하고 있었다

웃으며 시를 쓰니 기분이 좋니
어떤 시를 쓰길래 그럴 수 있는 거니
너에게 시가 유희거리이거나
아니면 너는 완전 변태야
적어도 티는 내질 말았어야지

같은 하늘 아래
같은 땅 위를 사는 게 아니다
황금 하늘 아래 살며
에메랄드 땅 위를 걷는 사람들
녹슨 하늘 아래 살며
흙 날리는 땅 위를 기는 사람들
마주 보고 있지만
다른 공기를 마시며 살고 있다
거울 속 나는 진짜 내가 아니다

거울 밖 나는 진짜 나가 아니다
왜가리가 날다 지쳐
바라보는 환상의 한 조각이
나라는 존재일 수 있다

세상 가장 사랑하는 존재와
소통할 수 없다는 무력감을 이해하니
우울한 개의 마음으로 시를 쓴다
언어 없이
조합으로
리듬으로
높낮이로
몸짓으로
패턴으로

열쇠는 필요 없어
세상은 패턴으로 바뀌었어
비밀은 밝혀지기 마련이야
꼭꼭 숨어라

천국문이든
지옥문이든
활짝 열어줄 테다
몸은 지상에 머물지만
영은 은하를 건널 거야

포장하는 남자가 있다
태어날 때 선물을 받았다
포장지를 찢지 않고
매일 두 겹 세 겹 포장만 한다
언제부터인가 선물보다 부피가 더 커졌다
풀리지 않는 매듭법을 배웠지만
묶을 때마다 풀리고 마는 매듭법으로
삐딱한 리본을 만들었다

예술과 외설 사이
고귀함과 천박함 사이
평범한 시간이 흐른다
아무 일도 일어나지 않다가

아무도 죽지 않는 일이 발생한다

자해하는 여자가 있다

한 겹 두 겹 피부를 벗겨내며

조금만 더

조금만 더

내 안의 진짜 나가 튀어나올 것 같아

천사가 나올지

악마가 나올지

인간이 나올지

괴물이 나올지

나는 알 수가 없어서

설레고 흥분이 돼

확실한 건

붉고 뜨거운 액체의 형상을 가졌어

한낱 핏덩이가

나의 실체다

인간의 생명은 하루다

86,400초 1,440분 24시간

초로 태어나고

분으로 번식하고

시간으로 사랑하다 잠들고

눈을 뜨면 죽는다

잘 나고 인기 있는 사람 옆에는

내가 없어도 상관없어

나를 바라보고

나를 필요로 하는 것에게

나는 손을 내민다

하필 죽음이 나에게 손을 내밀어 곤란하지만

나는 걷는다

누군가를 만나기 위해

변하지 않기 위해

사라지지 않기 위해

죽음은 변하거나 사라지는 게 아니다

복수하는 것이다

적당히 머리가 나쁘지 않아
적당히 공부하고 적당히 성적이 올랐다
적당히 대학에 들어가 적당히 놀다 적당히 직업을 가졌다
적당히 외모가 나쁘지 않아
적당히 사랑하고 적당히 자녀를 낳아 길렀다
적당히 감수성이 있어
적당히 기타를 치고 적당히 노래를 만들고 불렀다
적당히 시를 쓰고 적당히 시집을 냈다
적당히 부모에게 물려받은 재능으로
적당히 부족함 없이 지낼 수 있었다
적당히 살고 싶지 않았는데
적당히 살고 있다
적당히 외롭고
적당히 슬프다

모두가 나였다

모든 사람이나 동물이
사실은 다른 생을 살고팠던 나였다
나와의 연결 스위치를 꺼버린 채
각자의 의지로 살아가는

아이보다 아이 같은

너는 어른이다

아이보다 춤을 못 추고
아이보다 눈물 많아도

너는 아직 어른이다

아이가 되려면
얼마나 더 슬퍼야 하나

늙어야 하고
죽어야 하고
다시 태어나야 한다

혹시나 아이가 된 후에라도
아이는 아이 같지 않을 것이다

아이는 아무것도 할 수 없지만

아이는 무엇이든 될 수가 있다

아이는 존재하는데
아이가 없는 세계에서

너는 살고 있고
살아가야 한다

아이만을 바라며

해가 빛난다

너는 해를 피해 도망간다
다시 혼자다

닫힌 문을 바라보며
숫자를 세기 시작한다

하나 둘 셋 넷
이백칠십넷 이백칠십...

하나 둘 셋 넷

이리 눕고 저리 눕고
눈을 감았다 떴다

생각하다 말았다

시간은 무거워
시계 초침이 더디다

어둠은 빛과 공존하고 싶었다

예측 불가능 시대

뉴스에서는 이상 현상을 설명하는 전문가들이 확고한 논리로 다투고
있었다

꽃이 없는데
나비가 날아다니고

나비가 없는데
꽃이 피어나는 오후였다

구름 한 점 없는 하늘에서
며칠째 눈이 내렸다

학교는 텅텅 비어
아이들의 함성이 들리지 않았다

사람들은 자고 싶을 때 자고
사랑하고 싶을 때만 사랑했다

사랑은 이벤트인지 일상인지 모르겠다
넌 사랑을 생각하니
생각을 사랑하니

사랑은 풍선 같은 거라고 말했다

사랑하고 싶을 때마다
젊음은 사라지고 없었다

사랑 없이는 살 수 있어도
추억 없이는 살 수가 없어

다이어리에는 아무런 일정이 없었다

일정 없는 일상에서
계획 없는 사랑을 만난다면

나는 남들에게 예측이 가능한 인물일까

낭만조

새는 지상에서 죽지 않는다
하늘을 날다 갑자기 자취를 감춘다
누구라도 새를 찾지 않는다
새는 늙지 않고
그리워하다 사라진다는 사실을 알기 때문이다

소설보다 시

절도 있는 태권도 대신 부드러운 합기도를 배웠다
힙한 서태지보다는 슬픈 목소리를 가진 김재기를 좋아했다

거리에는 X세대들이 천국 문 앞에 모인 것처럼
To Heaven 뮤직비디오를 보기 위해 서 있었다
이유 없이 슬픈 것들에 끌렸다
슬픈 사랑 슬픈 사람

인생 최초의 좌절이 뭐였어?

태극기가 바람에 펄럭입니다

아빠가 시킨 초등학교 1학년 1학기 바른생활 교과서 읽기
받아쓰기 그리고 구구단 외우기

아직도 가사를 외우는 노래가 하나 없어
노래를 부르지 않는다

평범한 사람이 되기 위해서는
모든 것을 사랑해야 하고
뛰어난 사람이 되기 위해서는
한 가지를 사랑해야 한다

하지만, 특별한 사람이 되기 위해서는
한 사람만을 사랑해야 해

무엇이 가장 어렵다고 생각하니

사랑

결국 난 무엇도 사랑하지 못해
아무것도 아닌 사람이 되었다

안녕 낭만

낭만은 슬픈 거야
과거에 머물며 돌아오지 않거든

안녕 엄마
안녕 아빠

당신들의 낭만이
한낱 나였던가요

안락사

잘린 다리를 입에 문 채
집으로 돌아왔다
야옹, 야옹
엄마 들으라고
야옹, 야옹
다리가 이상하다고
야옹, 야옹
아무도 고양이 소리를 듣지 못했다

출근하는 길

FM7   CM7   FM7   CM7 ×2

C   G7
출근하는 길 하늘에서 별이 쏟아져
        F   G7
주머니 가득 집어넣고 보니
          Am   G7
출근하기 싫어져 목적지도 모르는
          C   Fm7
비행기를 타버렸네

F   Dm
나는 지금 아무 미련 없이
G7   G7
세상을 등지다 말고
F   Dm
네 생각에 별을 꺼내 보며
G7   G7

한 편의 시를 쓰다가

    FM7 G   C   Esus4   E7

긴 잠에 빠져버렸어

A   E7

출근 시간이 다가오는데

D   E7

나는 지금 어디로 가나

A   E7

아직 너를 잊지 못하는데

D   E7

나는 지금 어디로 가나

A   E7

아직 나는 살아 있는데

D   E7

나는 지금 어디로 가나

```
Am                    Em
집에 가야 하지만 별은 여전히 빛나고
Am                    Em
나는 나는 길 몰라 하늘이 되어 버리네


Am     Em     Am     Em ×2
A      E7     D      E7 ×2
```

어쩌다 보니 문학의 유용성에 대해 사람들에게 변명하듯이 알려줘야 하는 시대를 살게 되었다. 그래서 나도 굳이 지면을 통해 이번 시집의 유용성에 대해 감히 말해본다.

살기 팍팍한 시대이다 보니 대중들은 이전보다 더 평면적인 감성, 일차적으로 해석 가능한 정보를 원한다. 안타까운 건 현실은 우리가 인식하고 있는 것보다 훨씬 더 입체적이고, 모호하다는 점이다. 나는 그럴 때 필요한 게 시인이라 생각한다. 시인은 일상 속에서 우리가 보지 못하는 걸 보고, 듣지 못하는 걸 듣고, 감히 상상해본 적 없는 단어의 조합으로 현실을 재구성 하는 이들이다.

이번 시집에 수록된 「서울에 4대문이 있다면 대구에는 4성로가 있다」를 보자. 동성로가 대구의 번화가라는 건 이제 대부분의 사람들이 알고 있는 하나의 사실이다. 덕분에 번화가에는 매일매일 사람이 모이고, 사람들의 시간이 흐른다. 시인 김사람은 그런 일상의 흐름 속에서 사람들 간의 경계를 예리하게 짚어낸다. 그리고 그 경계가 단순히 이분되어 오려낼 수 있는 것이 아님을 말하며, 혼재하는 가운데 시간을 머금고 가치가 달라지는 순간도 있음을 알려준다.

이런 세밀한 인식은 단순히 일상을 재구성하는 것에 그치지 않는다. 그는 인간의 잠재가능성(「인간이라는 형체를 유지하기가 쉽지 않다」)의 무한함과 한계를 단 몇 줄의 압축적 언어로 구성하는가 하면, 자아의 성장을 분절하고 이어붙이는 것(「시내 가봤어?」)으로 개인의 상대적 시간 흐름을 그려내기도 한다. 게다가 긍정적인 언어와 부정적인 언어, 타자와 자아가 섞인 채 구성된 복잡다양한 생(生)을 초월하기 위한 방법으로 의식적 분절을 택하기도 한다(「죽고 싶어지면 동성로를 걷는다」). 생의 초월은 순간으로 떼어낸 관념과 의식을 자아로부터 모두 분리하는 것으로 죽음에 닿을 수 있을 것 같지만, 오히려 끝없는 자기혐오만 마주하게 된다. 이는 아무리 잘게 나누더라도 결국 시간의 흐름이 따르지 않는 의식적 순간은 다음으로 이어지지 않는 정지된 순간에 불과하다는 인식과 닿게 된다. 때문에 죽음이란 건 결코 쉽지 않다(「눈 뜨자마자 듣는 누군가의 부고」).

쉽지 않은 죽음 덕에 시인은 사랑도 없고, 행복도 없는(「낭만」)채로 역설적인 매순간을 견디며 시로 토해낸다. 그런 연약한 영혼이라 시인에게는 늘 고통이 따른다. 주변인들과의 관계(「지영이네 집 형광등 아래에서」)는 이미 자신의 기억과는 다른 색이고, 행복했기에 이루었던 결과도(「김우봉 씨와 신정순 씨는 경찰서에서 만났다」) 이제는 모호하기만 하다.

그럼에도 불구하고, 덕분에, 우린 지금 이 순간 그의 시와 만날 수 있게 되었다. 시인은 이제 낭만만 남았고, 낭만과도 작별하려 한다지만, 우린 그가 남긴 시로 인해 보다 더 담담한 시선으로 우리 인생을 돌아볼 수 있게 되었으니까.

잔인한 나는, 앞으로도 그가 우리 대신 더 아파주길 바란다.

동성로 낭만 다이어리

김 사 람

2025년 1월 2일 1쇄 발행

지은이 | 김사람

책임편집 | 이경민
디자인 편집 총괄 | 이경민

발행인 | 이경민
발행처 | 마이티북스
* 장미와 여우는 마이티북스의 임프린트(하위 브랜드)입니다.

저작권자 | 김사람

출판사 연락처
전화 | 010-5148-9433
이메일 | novelstudylab@naver.com
홈페이지 | http://마이티북스.com/

ISBN 979-11-989893-1-4

도서 제작 과정에서 아래의 폰트를 사용했습니다..
'KoPub바탕체, 고운 바탕, 독립서체 한용운 GS, '어스코어 드림'
창작자들을 위해 무료로 배포해준 폰트 제작자 여러분에게 지면을 빌려 감사의 마음을 전합니다.